コレクション 現代フランス語圏演劇

Théâtre contemporain de langue française

Emmanuel Darley

Souterrains
Le Mardi à Monoprix

エマニュエル・ダルレ

隠れ家
火曜日はスーパーへ

訳=石井 惠

16

日仏演劇協会・編

れんが書房新社

本書は下記の諸機関・組織の企画および協力を得て出版されました。

企画：東京日仏学院

協力：フランス元老院
アンスティチュ・フランセ
SACD（劇作家・演劇音楽家協会）

L'INSTITUT
東京日仏学院

Cette collection *Théâtre contemporain de langue française* est le fruit d'une collaboration avec l'Institut franco-japonais de Tokyo, sous la direction éditoriale de l'Association franco-japonaise de théâtre et de l'IFJT

Collection publiée grâce à l'aide du Sénat français, de l'Institut français, et de la SACD

目次

隠れ家／火曜日はスーパーへ

隠れ家

登場人物

F
H
F
H
カミーユ
エメ
男

*訳注　FはFemme（女）、HはHomme（男）の頭文字。

1

（男と女がベッドに横たわっている）
（闇夜）

F　ねえ、ねてる？
H　え？
F　ねてた？
H　ねてたよ、うん。
F　私はねてない。
H　ずうっと？
F　わからない。時間や夜が、どうやって過ぎてくか……。

H　明かりをつけたら？
F　そうね。
少し本でも読もうかな。
何時か見てみる。
H　そうしなよ、僕は目をふさいでいるから。

（沈黙）

F　いつも同じ時間。
H　なにが？
F　この音、ほら。
H　どの音？
F　これで目が覚める。
H　真夜中に？
F　ほら、今……。
聞こえないの？
H　どんな音？

F　擦っているような。うめき声かも。
H　近くで？
F　上よ。
H　なにも聞こえないけど。
F　ほら、とまった。
　　また始まるから、少し待ってて。

（沈黙）

F　私たち、いつからここにいる？
H　ベッドに？
F　ちがう、この建物に。
H　一週間か二週間、じゃないの。
F　数えてないのね。
H　ああ。一週間か二週間だ。
　　あした日付を確かめよう。
F　あした？

H　あとで。起きたら。
日めくりで。
F　起きているじゃない、今。
H　ああ、とにかくベッドにいよう。まだ真夜中だよ。
F　ほら、聞こえたでしょ？
H　ああ、今のは、うん。

（沈黙）

H　足音、だね。
F　軽い感じ。
H　忍び足。
F　床の上を滑るローラースケート。
H　少し軋んでいる。
F　あっちの方へ消えていく。
H　通りの方、窓の方に。
F　戻ってくる。

H　真上だ。

（沈黙）

H　たぶん上のおばあさんだな。

F　おばあさんたち。

H　なん人もいるの？

F　ふたり。とってもとっても年をとっていて、よぼよぼのおばあさんと、もう少し若くて、ちょっとだけよぼよぼのおばあさん。

H　見たことあるの？

F　ちょうど今日。

H　俺はひとりしか知らないな。

F　どうして？　たぶん、あのふたりがいっしょにいることはない。だからどっちを見たかわからないのよ。

H　年をとっている方かな？

F　どっちでもいいじゃない。わからないくらいなんだから。

H　姉妹ね、たぶん。
F　それとも親子。ふたりとも年をとっているけど。
H　毎晩、聞こえるの？
F　聞こえる、この音が。
H　べつのことじゃない？
F　べつのことって、なに？
H　わからないけど。ドアを開ける音とか、声とか、水の流れる音。
F　ちがう。いつもこの音なの。
擦っているような。

（沈黙）

H　遠ざかっていく。
F　こっちからあっちへ。
H　ふたりいる、ほんとだ。
F　もうひとりいるかも、わからないけど。
どうする？

H　明かりを消して静かにねむろう。
F　動きまわってる。走ってるよ。
　　喧嘩かも。
H　おばあさんどうしの喧嘩？
F　やっぱり、もうひとりいる。
H　強盗？　まさか。
F　とまった。
H　ほら。
F　切りつけたか、殺したのよ。
H　殺す？
F　お金のためなら、ね。
H　年寄りがふたり、夜ねむれなくて歩きまわっているだけさ。
F　追いかけ回ってるのかも？
H　ちがうったら。
　　動いているの。
（沈黙）

F 見に行ってよ。

F こんな時間に？

F わからないけど。泥棒。人殺しかも。

老婆殺し。

まちがいない。

H 動きまわっている姉妹、だよ。

F とにかく見に行ってきてよ。

ドアを叩くか、様子をうかがってきて。

踊り場で、きき耳をたてて。

H 邪魔しに。ばかばかしい。

F もしあなたのお母さんとおばあちゃんだったら。

H おばあちゃんはとっくにいないよ。

F じゃあ。あなたのお母さんとおばさんだったら。

H スザンヌとソランジュ？

F そう。だったらどうする？

H 見に行くさ。

F　それなら。
H　後で、明日行くよ。

（沈黙）

H　もう音がしない。
F　する、ほら、階段のところ。
H　足音がおりてくる。
F　スリッパ、みたいね。
H　サンダルだ。かかとの音が聞こえる。
F　うちのドアに近づいてくる。
H　ベルを鳴らすぞ。

（沈黙）

F　（とても小さな声で）ねえ、なにか聞こえる？
H　なんにも。

F　息の音みたい。見に行って。
H　まさか。

（沈黙）

F　息の音か笑い声、わからない。
H　うすら笑いとか。
F　さあベルを鳴らすわ。

（沈黙）

H　上で、また足音。
F　もうひとりはドアのところにいる。
H　明かりを消そうか。

（沈黙）

F　上がっていく。

H　上は静かになった。

F　報告を待ってたんだわ。

H　スパイ小説。

F　まさか。

H　ドアが閉まった。

F　またふたりの足音。

（沈黙）

H　今日会ったの？

F　階段で。

年をとった方が階段に座っていて。自分のまわりに荷物を置いて、階段を塞いでいた。私のことは見えてなかったと思う。目が悪い、っていうかほとんど見えない。まっすぐ前を見てた。私、優しくお願いしてみたんだけど、全然。もうひとりは暗がりにいた。にやにや笑ってた、と思う。

とにかく私はまたいで上に行こうとしたけど、ふたりはそのまま。座って、買い物袋に囲まれて、にやにやして。

H　この建物に、ほかには誰も？

F　もの音ひとつしない。

ふたりと私だけ。

（間）

魔法使い。

（沈黙）

H　ほかには誰も住んでいない。

F　見たことない。

H　あのふたりと俺たち。

F　四階に誰かいるかも。入口の郵便受けに名前があるもの。

（沈黙）

F　聞こえるでしょ。

H　ローラースケートを脱いだな。靴を履いた。

F　笑ってる。

H　俺たちどのくらいここにいる？

F　ベッドのなかに？

（沈黙）

F　五時よ。

H　じきに夜が明ける。

F　見に行ってきてよ。

H　なにをしに？　俺たちを待っているとでも。

F　わからないじゃない。強盗。襲われてるかも。

H　まさか。

（沈黙）

F　ねえ！

H　なに？

F　ねてる？

H　ううん、聞いてる。

F　不動産屋、私たちになにも言わなかったわね。

H　おばあさんたちのこと？

F　隣近所のこと。

H　「とても静か」って言ってたよ。とても静か。

F　夜に来たことがないのよ。

H　そういうことは黙ってるんだ。

F　ほら……。

（沈黙）

F　叩いてる。

H　壁を。

床も。

F　訊いてきて、なにが起こっているか見てきて。もしかしたら助けを求めているのかも……。

H　どうして？

F　壁や床をたたく音。信号かも。

H　「助けて、ＳＯＳ」ってこと？

F　そう。そんな感じ。「お願い、上がってきて……」

H　魔女の罠かも、「おいで、おいで……」

F　とにかく、年寄りがふたり……。

ふたりのおばあさんが、抵抗のすべもなく。

よぼよぼで。

H　それにしてもわからないなあ、俺が見た方は。

F　ふたりとも見たのよ。

いつかひとりを、翌日もうひとりを。

H　同じさ、結局。完璧に同じ。同じ服、同じ肩掛け、同じスリッパ。

同じ顔。

F　片っぽがよりしわくちゃで。
　　よぼよぼ。
　　絶対。
H　見た目にはわからない。
F　だから、いつかひとりを、べつの日にもうひとりを見たのよ。
（沈黙）
F　見に行ってきて。静かになった。
　　ちょっと前から。
H　どうして俺なの？
F　あなたが先だったから。
H　いつ？
F　保証金を払ったの、あなたでしょ。
（沈黙）

H　聞こえた？
F　なにが？
H　ほら、ドアの向こう。
F　手を握って。
H　変な音。
F　どんな音？
H　引っかくような。
F　ドアを？
H　見てくる。
F　ここにいて、こわい。

（沈黙）

H　もう上は音がしない。
F　死んだんじゃ。
H　下に降りたのかも。
うちのドアの向こうでうずくまっているかも。

F　階段の途中でじっとしているのかも。
H　また引っかこうとうずうずしてる。
F　暗闇でにやにやして。
くたばったばあさんを釘で打とうと。
H　今度は見てくる。
F　気をつけて。
なにか持っていったら。
H　なにを？
F　身を守るためのもの。
防いで守るの。
H　ああ、でもなにを？
なにもないよ。
F　戸棚はからっぽ。なにもない。なんにも。
H　僕の靴はどう？
F　ないよりましね。
私のがいいわ、ヒールがとがっているから。

（沈黙）

H　それじゃあ行ってくる。

F　ここで待ってるね。

H　音が聞こえた？

F　いま？

H　うん、いま続けて。

F　ううん、なんにも。なにも聞こえない。

H　そう。ドアのところまで行って、「だれかいますか？」って尋ねる、それから？

F　すかさずドアをあける。

H　きみの靴を手に持って？

F　そう。頭の上にふりかざすのよ。

（沈黙）

H　もの音ぐらいでおおげさじゃないか。
ふたりのおばあさんが眠れないんだ。

F　のども渇いて、背中も痛いかも。
H　うちのドアの向こうで？
F　ふたりのしわくちゃのおばあさんが？　よぼよぼの？
ひとりはまだ元気。力もありそう。たぶん。

（沈黙）

H　俺はねる。ばかばかしい。
F　お好きなように。

（沈黙）

F　私は待ち伏せしている。まさかということもあるし。
H　好きにすれば。
F　ほらね、いつも同じこと。
H　なにが？
F　なんでもない。

H　なんでもなくない。「ほらね、いつも同じ」って言っただろ。
F　ほっといて。ねれば。
私は監視している。
H　ねたら。
F　片目で眠る。
H　あした早いんでしょ。
F　いつもと同じ。
H　あとで疲れてぶつぶつ言う。
F　ねれば。

（沈黙）

F　ねてる？
H　眠りそう。
F　明かりを消す？
H　いいよ、大丈夫、目をふさいでいるから。

（沈黙）

F　音がする、やっぱり。

H　上で？

F　もうわからない。

　　上、下、そこ、すぐ近く。

H　どんな音？

（ベルが鳴る）

（沈黙）

H　電気を消して。

F　だまりましょう。

H　俺たちはここにはいない。簡単なこと、ここにいない。

F　だれも。出かけています。

（ベルが鳴る）

F　手をかして。
H　もうすぐ夜が明ける。いないってわかって、行ってしまうよ。
F　音をたてないで。
眠って。

2

(男と女、暗闇で)

F　なにをやっているんですか?
H　掘っているんです。
F　こんな時間に?
H　開けているんですよ、ほら。
F　穴ですか?
H　そう、穴。くぼみ。

F　ずっとですか？
H　二晩、三晩。
F　大変ですね。
H　ドライバーでね。
F　固いですか？
H　いいえ。石膏のところだけ。
F　でも、埃がひどい。
H　次に煉瓦の層があるけど、大したことはない。
F　その後は？
H　また石膏。
F　もうすぐ向こう側。
H　その通り。
F　そおっとやらないと。
F　音を立てないように。
H　その通り。ひっかいてはだめ。そおっと削る。少し進んで、埃をふっとふく。穴を大きくして、また進む。ドライバーでほんの少し。ほんのわずか。

F　そうしたら向こう側。
H　そう。
そおっとやらないと。
わかりませんからね、向こう側になにがあるか。
F　なにをしているか。向こう側で。

（沈黙）

F　進んでいますか？
H　しいっ。もうすぐです。気をつけて。
やりました。
ドライバーが突き抜けた。
障害物なし。
ちょっと待って、引き抜きますから。

（沈黙）
（明かりが少し）

F　なにが見えますか？
H　明かりがほんの少し。
もっと大きくしよう。

（間）

よし。
この方がいい。

（女がやってきて、すぐ近くの椅子に座る）

F　なにが見えますか？
H　部屋。
ベッドというか、マットが床の上に直に置いてある。
そばに小さなランプ。
明かりがついてる。

F　ほかには？

H　なにも。
　　空っぽの部屋。家具はない。
　　段ボールも、スーツケースも。
　　なにも。

F　なにも？

H　床の上に綿埃。そこらじゅうに。綿埃の山。

F　箒ではけばいいのに。

H　信じられない。
　　とにかく……。

F　ちょっと箒で掃くだけなのに。

（沈黙）

F　ほかには？

H　男と女。

F　ベッドのなかに？

H　もちろん。男は横になってる、というより座っている、背中にクッションを置いて。
女は、ベッドの上でひざまづいている。
F　ひざまづく?
H　そう。
窓の方を向いている。
男に背をむけて。
F　ふたりは……?
H　いやいや。まったく。
きちんとしているよ。
男はパジャマ。女はネグリジェ。
F　女はきれい?
H　よく見えない。
F　穴を大きくしてください。
H　無理です。
F　固すぎる?
H　できません。
無理です。

F　ドライバーは？
H　向こうからこちらが見えてしまう。
　　こんな穴にしたら、でしょう。
F　じゃあよく見てくださいね、がんばって。
H　やってますよ。
F　女はきれい？
H　みたいです。
F　私よりきれい？
H　若いです。
F　そう、ありがどう。
　　そうよね。
　　ありがとう。いいんです、本当に。
H　きみより「きれい」とは言っていない、「若い」と言ったんだ。厳然たる真実。
　　それ以上ではない。
F　スタイルは？
H　ネグリジェを着ているって言ったでしょう。
F　ええ、それにしたって……。

（沈黙）

F　なにをしていますか？
H　なにも。じっとしてる。
なにかを聞こうとしているみたい。
そう、なにかに聞き耳を立てている。
F　穴の方に？
H　いいや、上の方、天井。
F　上の部屋の方。
H　たぶん。
F　それから？
H　なにも。
F　話しはしていない？
H　ひそひそ話している、と思う。
F　なにを言っているんですか？
H　よくわかりません。

F　もっとよく見てください。
H　壁にぴったりくっついている。できるだけのことはしてますよ。
　ちょっと待って……。

（沈黙）

H　「もの音」って言った……。
F　「もの音」？
H　なにかを恐れている。ぱっと見た感じ。
　女は後ろへ下がって、男の方へ寄り添う。
　手を握り合っている。
F　抱き合っている？
H　いや。今のところは。
　上を向いている。
F　床の綿埃にまみれて。
H　ああ。
　時間がなかったんだろう。

F　それにしたって、箒で掃くぐらい。
H　もっと小さな声で。
F　ひそひそ話しましょう。
H　そうです。
F　私たちの方へ来ますか？
H　いいや。ずっとベッドのなかにいる。キョロキョロしている。
F　穴は？
H　心配ない。向こうには小さなランプ、こちらは真っ暗だ。心配ありません。

（沈黙）

F　どう？
H　お互いに近づいた、女が男にくっついている。
F　女は服を脱いでいる？
H　耳元でひそひそ話している。
あ、男が立ち上がった。ベッドから出る。
ドアの方へ行く。

屈んだ。ベッドの後ろからなにか取る。
見えない。
また立ち上がる。手になにか持っています。

F　ピストル？

H　女ものの靴を片方。

F　パンプス？

H　ヒールが高い。とても高くて尖っている。それを握りしめてドアの方へ向かっていく。

F　なにをしているのかしら？

H　たぶんもの音が聞こえたんです。

F　どんな音？

H　外からくる音。

F　例えば。

H　上から聞こえてくる音。
うめき声か擦ってる音。
たぶん。

F　まさか。

H　なにが起こるかわかりません。

F　貧しいおばあさんがふたり、こもって暮らしている。
H　ひっそりと。
F　交替で床を掃いて。
H　気をつけて。

F　静かにしてください。
H　なんにも言っていません。
F　もっと小さな声で。
H　どうしたの？

男が戻ってきます。
女が手をのばす。

F　それだけ？
H　男が靴を置く。元あったのと全く同じところに。

また座る。

F　おしまい？
H　待って……。
F　覗いてもいいかしら。
H　ちょっと、これは私の穴ですよ……。

F　忘れないで下さい。
H　それじゃあ、実況してください……。
　　待って……。
　　よし。男が脱いでいます。
　　上半身裸。女がネグリジェを脱ぐ。
F　裸？
H　完全に。
F　スタイルはどう？
H　おっと、いいです。
　　男は下を脱ぐ。ひざまづいて。男の……は、女の……は……。
F　わかります。
H　わかる？
F　と思います。
H　でかい。前から想像してたんだな。
F　話して、話して……。
H　女は横になって……、身を任せて……、男が女の上に乗る、女の……を触る……。
F　女はなにか言っている？

H　ここからじゃ、わからない。
F　想像して、ねえ、唇を読んで。
H　たぶん、「おお……」とか「そう……」。そんな感じのこと。

（沈黙）

F　話して、なにを……。
H　男が女の上に……。
F　それで……。
H　いえ、冗談です。
F　ふたりとも服を着ています。離れていて、ベッドの両端にいる。
H　どうしてくだらないことを話したんですか？
F　あなたを喜ばそうと思って。
H　私を？
F　これを望んでたんでしょう？
H　私が？
F　なんでそんなふうに思うんですか？

まさか。信じられない。
ばかみたい。
私のことをそんなふうに思ってるなんて。

（間）

真夜中にわざわざ起きて、穴を見に来てあげたのに、私をだますなんて。

H　もっと小さい声で。
F　どうしたんですか？
H　いや、なにも。

（間）

男がまた横になった。
女は男のそばにぴったりくっついて座っている。本をとる。
男は毛布のなか。頭まですっぽり。

F　今どきの男なんて……。
H　待って……。
　静かに、って言ってるでしょう。
（間）
（ふたりともドアの方を向いている。少し起き上がって）
F　じっとしたまま？
H　まったく。
　横になった。ふたりとも毛布のなか。
　いいや、女が起きあがって……。
　ちくしょう！
F　なに？　どうしたの？
H　明かり。
　明かりを消された。
F　困ったわ。

（間）

H　ティッシュありますか？

F　ええ。待って。どうぞ。

　どこですか？

H　ここ。

　よし。ありがとう。

F　風邪をひいたの？

　きっと埃よ。

H　穴を塞ぐんです。

　明かりをつけていいですよ、大丈夫。

（明かりが部屋を照らす）

（男は床に、壁の方を向いて寝そべっている）

（女は椅子に座っている。ほかに家具はない）

F　よくやるんですか？
H　なにを？
F　穴……。
H　そう、いつも。
新しい人が来ると。
見て、イメージする。
比べる。
F　エピソード？
H　大したことない、いつも同じ。
男あるいは女、あるいは今回みたいにカップル。

やってくる。用事をすます。ベッドに入る。明かりをつけたまま、または真っ暗にして。
F　エピソード？
H　いつも同じ。
ときには、男がひとりでマスタベーションしている、ときには……。
F　わかるわ。
H　または女が。
F　わかります。

H　たいていは、長くいない。

F　どうして？

H　さあ？

F　たぶん、もの音。まわりの。

H　どうしてみんな……。

F　決して満足しない。

H　いつだって文句を言いたがる。

H　よりいいのを探す。よそに。より多く欲しがる。

（間）

H　今晩はおしまいです。

F　ショーはおわりね。

H　そう。もうここにいる必要はない。

F　明かりを消して、部屋を変えましょう。

H　行こう。

3

（年をとった女がふたり、ひとりはひじ掛け椅子に座っていて、もうひとりは動きを止めることなく、家具や置物を動かしている）

カミーユ　あんた、なにをしているの？
エメ　いつもの通り。
カミーユ　動かしてるの？
エメ　少し片づけているのよ。
カミーユ　片づいたためしがない。
エメ　戻ってねてよ。
カミーユ　じっとしていたためしがないんだから。

（間）

なん時?
エメ　さあね。真夜中でしょ。
カミーユ　明かりはついている?
エメ　もちろん。なにをしたいの?
真夜中だよ。
カミーユ　全部の部屋に?
エメ　廊下と入口はついてない。台所も。電球を取り外したから。
懐中電灯もあるし。

（間）

どうしてねないの?
カミーユ　片目で眠ってる。
エメ　どっち?
カミーユ　ねてられないってこと、そういう言い方するんだよ、まったく。
エメ　どっちだってたいして変わらないでしょ。

カミーユ　なん時？
エメ　なにが起こったって、あんたは暗闇のなかでしょ。
カミーユ　あんただってそのうちこうなるよ。
エメ　私にはもう少し時間がある。私はまだ若いから。
カミーユ　若い？
エメ　父さんがいつも言っていた。カミーユが先。おまえが長女。
カミーユ　数分の差がなんだっていうの？　この年になって？
エメ　数分は、数分。私の方が若い、マル、それだけ。
実際、私の方が若く見えるんだから、しょうがない。
カミーユ　どちらかが先に出なくちゃならなかった。
エメ　そう。その通り。あんたが先、あんたの方が年をとってる。
もう動けないし、耳も遠い、なにも見えない。どうしようもない。あなたの方が年寄り。
カミーユ　あんただってそのうちこうなるよ。目も残りの部分も。

（間）

今度はなにを変えたんだい？

エメ　見せるからもう少し待って。

カミーユ　見せる？

エメ　全部説明するから。細かく。

大家さんの検査。現状報告書。手に手をとって。

いつもみたいに。

（出ていく）

（動く音が聞こえる）

カミーユ　どこにいるの？

エメ？

ねえ！

また出ていった。

（間）

ほら、移動している。

動かしているの？

（間）


たぶん二時か三時。

たしか。

ラジオを夜中まできいていて、椅子で眠ってしまった。エメのもの音ではっと目が覚めてそれから静かになった。模様替えを始める前に消しに来たんだわ。そう。長くは眠っていないはず。

二時か三時、たぶん。

寒くなってきた。

エメ！　毛布！

落ちちゃったよ！　毛布！

無視してる。


（もうひとりが帰ってくる）

エメ　だいたいできた。
ママの写真はテレビの上。
少し変えたよ。
カミーユ　もうひとつはどこに置いた？
エメ　迷っている。台所の食器棚の上。それか引き出しの奥。
カミーユ　どっちにしても。美しいふたりの娘。
エメ　聖体拝領の日、じっとしていない娘たち。
カミーユ　あんたはね、おとなしくしていられなかった。
いつもうろうろ。
エメ　やることがあったのよ。
カミーユ　聖体拝領の日だよ。親戚がまわりにいたし、神父様も前にいたのに。

（もうひとりが出ていく）

カミーユ　いつ眠ってるの？　昼間かい？
よくないよ。動き回ってばかりいるのは。重いものを持ち上げて家具を移動する。私たちの年でやることじゃない。

医者に言われたでしょ。
ある日、突然こうなるって。

（間）

身体は衰えてるんだから。

（間）

世話をしてくれる人もいなくてひとりぼっちになる。
暗闇のなかで動けない、毛布は床に落ちたまま。電話をすることもできない。

（間）

医者に言われたでしょ。
ベルをつけたらどうかって。なにかあったら、鳴らして知らせる。まさかの時に。どっちのためかは知らないけれど。ベルを鳴らすと誰か来てくれる。助けが。介護の人が。

食べさせてくれる。掃除をしてくれる。毛布を取ってくれる。髪を丁寧にとかしてくれる。
エメがやるようにではなくね。

（もうひとりが戻ってくる）

エメ　どうしてベッドにいないの？
カミーユ　どこにあるかわからないんだよ。あんたが教えてくれるのを待っていた。連れていってくれるのを待っていた。いつも全部とっかえちゃうから。私を暗闇にほうっておいて、気楽なもんだね。
エメ　椅子は、椅子じゃ眠れないの？
カミーユ　眠れない。
エメ　真夜中だよ、眠らないと。
カミーユ　眠くない。どうしようもない。
エメ　とにかく寝ないと。私が片づけていると、よくうとうとしているじゃない。その方が私はいいね、都合がいい。
カミーユ　もうだめ。夜眠くない。あんたと同じにするよ。

エメ　なんだって？
カミーユ　昼間ねる。
エメ　どうしてわかるの？　昼だか夜か？
カミーユ　聞いているから。違いが聞こえる。あんたがいびきをかくと、あたしは眠る。あんたが動きだすと夜だってわかる。あんたの動きがゆっくりになると、夜が明けるんだってわかる。あんたが枕を叩いて、水の入ったコップをナイト・テーブルの上に置くと、昼がはじまるってわかる。あんたがベッドに入る前にトイレの水を流すとき。私は眠る。
エメ　残念。
カミーユ　なにが？
エメ　あなたが年をとっていること。衰えていて、なにもできない。
カミーユ　数分の違いだけ。
エメ　動かすのを手伝って。大変なんだ、疲れるよ。
カミーユ　誰も頼んでないのに。
エメ　やらないといけない。役にたっていないと。元気でいないと。若くて元気。ずっとそうしていたんだから。
カミーユ　ちがう。最初は掃除をしているだけだった。ずっと磨いてた。ピカピカに、家具も食器も。いつも私にちゃんと光っているかどうか訊いてた。それから洗濯。洗面台で洗濯物を絞っていた。漂白剤を飛び散らせた。それから少しずつ、模様替えが始まった。私が見えなくなってから。私がきれいかどうか判断できなくなってから。少しずつ。ゆっくりと始めた。置物、フォーク、写真立て、ひじ掛け椅子、雑誌の束。そしてリビング、リビングにあったものは、あっという間に、台所へ、手始めに。戸棚で窓を塞いだ。

エメ　見えないくせに。

カミーユ　感じていたよ。影ぐらいはまだわかった。

エメ　気分転換よ。無気力にならないように。

カミーユ　台所のなかにリビング。油の臭いがして。ソーセージの揚げた臭い。テレビはお風呂場に、手を洗いながらアコーデオンや甘い音楽、足や髪を洗いながらクイズミリオネア。ベッドは廊下、洗濯場、あるいは窓際に。今じゃなにがどこにあるんだかさっぱりわからない。

エメ　あんたの目のせいでしょ。

カミーユ　あんたが目印を奪った。手がかりがなにもない。

エメ　台所、トイレ、お風呂場、は動かない。いつも同じ場所、ちがう？

カミーユ　台所はどこ?
エメ　変えられないよ。細かいものだけ。胡椒のところに塩。野菜篭に卵。歯ブラシ、歯磨き粉。それ以上変えたらわからなくなってしまう。
カミーユ　私は今どこにいるの?
エメ　リビング。まだ終わってないけど。机を動かして、角にラジオとテレビをおかなきゃ。
カミーユ　私を寝室に連れていって。
エメ　もちろん、そんなに遠くじゃないよ。ベッドは窓の下、毛布はそこ、大丈夫。
カミーユ　ナイトテーブルも?
エメ　いいえ。
カミーユ　ないの?
エメ　私のベッドの近くにあった方がいい。ナイトテーブルがふたつ、両脇に。ひとつはランプ用、もうひとつはコップ用。
カミーユ　私の歯はどこに置いたらいい?
エメ　窓の縁に。すぐ脇の。
カミーユ　わからなくなってしまうよ。
エメ　慣れるよ。

カミーユ　明日になったらまた全部変えちゃうんでしょ。
エメ　たぶんね、でもやらないかもしれない。
疲れた。
くたびれたよ。
カミーユ　言ったでしょう。
最初はいいけど。
エメ　大丈夫。私はまだ若い。若くて元気。
カミーユ　いまにわかるさ。
そうなったときにわかるさ。みんな同じ。いすに座ったまま。自分の筋肉と骨を感じる。
年をとる苦痛を。
エメ　座ったまま。昼も夜も眠っている。気力もなくなって、退屈するなんて。
御免こうむるね。
カミーユ　そうしたら思い出そうね。おしゃべりをしよう。今は時間がない。あんたはいつだって部屋中をひっくり返して、ほかの人たちが寝るのを邪魔してる。
エメ　ほかの人たちって？
カミーユ　私とこの建物に住んでいる人たち。
エメ　いなくなってしまえばいい。彼らだって夜中に音ぐらいたてるだろう。

ラジオとか。発声練習とか。

カミーユ　文句を言われて。請願書に署名されて、追い出されるのが落ちだよ。

（沈黙）

カミーユ　なにが聞こえる？

（沈黙）

エメ　雨。窓ガラスに当たる雨音。ざあざあ降ってる。聞こえるだろう。

カミーユ　子どもの頃みたい。木造の家にいるみたい。屋根の真下の部屋。ねえ、覚えているでしょ？

エメ　覚えてるってなにを？

カミーユ　ひとつのベッドに隣同士で寝ていた屋根裏部屋、冷たいシーツ、湯たんぽ、足を絡ませて暖めあった。雨の音で、夜、目が覚めた。ねえ、行ったり来たりする鳥の足音。

エメ　くうくう鳴いていた。

カミーユ　そう、忘れてないじゃない。
エメ　汚い鳩が上でくうくう鳴いていた。

（沈黙）

カミーユ　私の皮むき器、私の皮むき器はどこ？

（もうひとりが再び出ていく。壁に釘を打つ音）

カミーユ　エメ！　エメ！　私の皮むき器と野菜は！

（沈黙）

エメ？　どこにいるの？　なにを変えているの？

エメ　（遠くから）終わったよ。もう少し待ってて。
壁に掛かっている皿を動かしてる。「ラ・フォンテーヌの寓話」。

　　　ぜんぶはずした。
カミーユ　割れてない？
（壁を叩く音）
エメ　（遠くから）できた。
（戻ってくる）
　　　ようし。
　　　順番をかえた。
　　　まったく違う順に。
　　　ちゃんとなった。新しい方から順番に。
カミーユ　私の皮むき器、どこにやった？
エメ　こんな時間に？
カミーユ　あんたは忙しいけど、私は退屈。

皮をむく野菜があるはず。にんじん、かぶ。

エメ　捨てた。

カミーユ　野菜はもうないの？

エメ　缶詰、だけ。大丈夫よ。

缶詰と真空パックのハム。大丈夫だから。

カミーユ　にんじんもじゃがいもも？

エメ　あんたの皮むきはもうたくさん。

カミーユ　私の唯一の楽しみだったのに。

野菜をひとつずつ手にとって、刃の下でまわして、皮を脱がせていく、水気を感じながら、できるだけ長く皮をむく。

手のなかで。

エメ　あんたの皮むきはもうたくさん、家中どこでも。リビングでも、寝室でも、絨毯の上でも、ベッドの上でも。あんたはもう年をとりすぎている。やめてちょうだい。こんなふうに、あんたの好きにさせておけない。家中ゴミの山。家具の下で忘れられて、カビの生えた削りくず。

カミーユ　あんたが模様替えをするせいだよ。全部変えられてしまう。私を台所に、寝室兼台所じゃなく、ね、本当の台所に置いてくれれば、野菜と皮むき器を持って机に座って、新聞紙のなかに皮をむく、すぐ隣にゴミ箱、くずはひとつも残しやしないよ。跡形も。
あるのはスープに入れるきれいな野菜だけ。
エメ　もうやめて。
カミーユ　あんた、どこにいるの？
エメ　ここ、あんたの前。
カミーユ　案内してくれる？
エメ　ツアーに出かけよう。
カミーユ　今晩あんたがつくった新しい家のツアーだね。
エメ　行こう。
（立つのを助ける）
私の背中に捕まって。
さあ、立って。
カミーユ　いいよ、エメ。準備できた。出かけましょう。

（沈黙。ふたりはアパートの中を横切ってゆっくりと進む、家具をよけながら、ドアを開けていく）

エメ　あんたはいつも私の後ろ。

カミーユ　当たり前だよ。あんたなしでは、なにもできない。

あんたが私の目。

エメ　あんたはいつも私の後ろ。いつも。

カミーユ　あんたが動くのをやめない限りあんたの後についていく。

あんたが腰を下ろすとき、私はもうあんたの後ろにいない。

おしまい、その時は。

エメ　私の人生には、いつもあんたが後ろにくっついていた。私が生きるのを邪魔した。

カミーユ　はじまりを忘れている。

エメ　いつのこと？

カミーユ　一番最初。あんたの前にいたのは私。道を開いたのは私。楽にしたのは私。

エメ　ママが言ってた、あんたの方が頭が大きかったって。

カミーユ　なんていい人。道をつくるためだよ。あんたはその後、楽だったでしょ。

（沈黙）

どこに行くの？

（ふたりは自分たちの家のドアを出て、踊り場へ出て、階段の方へ行く）

あんたは新しい家のことについてなにも説明してくれないね。なにも描写してくれない。
骨壷をどこに置いたかさえ知らない。
パパ、ママ。

（しばらく、動かないまま）

家を大きくしたの？　私が行ったことのない部屋があったの？

エメ　出るの。もっと遠くへ行こう。

カミーユ　いつかみたいに？　階段の途中まで？

エメ　もっと遠くへ。家の外へ。建物の外へ。
通りまで。

こんな家うんざり。四方を壁に囲まれてるのもうんざり。ふたりっきりでとじこめられているなんてうんざり。両親の思い出と、匂いと、古い流行歌、ランチョンマット、陶器、止まった時計、そしてあんたの皮むき。

（ふたりはゆっくりと降りる）

カミーユ　少し恐いよ、エメ。
やめた方が。

（ふたりは下の階に到着する）

エメ　待って。進むの。明かりをつけるから。
ほら。
瞼の裏にまだ明かりを感じる？

カミーユ　なんにも、エメ。暗闇、真っ暗で深い闇。
今どこにいるの？

エメ　まだ建物のなか。あと二階おりると外。

（沈黙）

カミーユ　先に進む？

エメ　コートを取りに行ってくる。

カミーユ　私はスリッパのまま。

エメ　マフラーと帽子も。

カミーユ　私のハンドバッグを持ってきて。たぶん入口にあるから。とにかく最後に使ったときにはそこにあった。

エメ　ハンドバッグ？

カミーユ　お金がいるでしょ。たくさん持っていたはず。あんたがなにもさわっていなければ。たくさん。お札も。

エメ　あんたはここにいて。戻ってくるから。

カミーユ　ここで待っている。動かないよ。

エメ　ほら、わかる、ここに壁があるでしょ。動かないで。右側に気をつけて、人のうちのドアだから。

わかるでしょ、動かないで。

（彼女は階段を上がっていく）

（長い沈黙）

カミーユ　エメ？　エメ？

（間）

外は真っ暗に違いない。やけに静か。
猫一匹いない。
誰にも出会わない。
エメ？
あんたなの？

（ゆっくりと降りてくる足音）

エメ?

あんたなの?

あんたでしょ……。


(間。沈黙)


昔のこと覚えてる? あの時代のこと覚えてる? 洋服と髪型を取りかえっこして、いれかわったふりをした、みんな混乱してたわね。覚えてる? 私はカミーユ。はじめに、そう。年をとっている方、最初に出てきた方。

エメ? エメ?

私が先。いつもあんたと間違えられる。後ろにいても、前にいても。ぶたれるときや怒られるときは前。ありがとうやプレゼントの時は後ろから。

エメ?

カミーユ?


(上の階からやってきた男が現れる。彼女を見る。沈黙)

あんたなの？

（沈黙）

誰かいるの？　そこで私を見ているのは誰？

（沈黙）

男　おひとりですか？

（間）

あなたは暗闇にいる。ちょっと待って下さい、明かりをつけます。
ほうら。
あなたはひとりなのですか？
震えていますね。寒いのですか？　恐いのですか？
私があなたを驚かしたのですね。

カミーユ　どなたですか？
男　ひとりにさせられたのですね。上の階に住んでいますよね。
カミーユ　どなたですか？　そこにいるのは誰？
　エメ！　エメ！
男　誰かを待っているのですね。あなたの世話をする人を。
　さあ、どうぞ。

（男は彼女の腕を取る、彼女は抵抗して、壁を叩く）

　どうぞ。なにも痛いことはしません。
　ここに座りましょう。
　ここ、階段に。座りましょう。
　待っている間。

カミーユ　エメ！
男　すぐ戻ってきますよ。ちょっと上っていっただけでしょうから。
カミーユ　コートを取りに行ったの。マフラーと帽子も。

寒くないように。

男　出かけるんですか？

カミーユ　ええ。

建物の外に。

男　外。真夜中に？

カミーユ　どうでもいいでしょう？　昼だろうと、夜だろうと？

男　すぐ戻ってきますよ。座って待っていれば。

（男は立ったまま、右や左に歩いている）

（明かりが消えたらまたつける）

カミーユ　あなたは誰ですか？　なにがお望み？

（間）

お名前は？

男　グレイズ。名刺にそう書いてあります。ポール・グレイズ、それが私の名前。ここに住んでいます、この建物に、だれにも知られていません。だれも。あなたは、ほんの少し前から。それ以外はだれも。ある意味、隠れているんです。だれにも見られず、知られない。屋根裏部屋に住んでいます。ポール・グレイズ、隠れて、夜しか行動しない。昼間は眠っている。だれも知る由もない。少し前からあなたが知っている以外は。秘密を守れますか？　だれにもなにも言わない、あなたが待っていて、もうじき戻ってくるエメにも？　私たちふたりだけの秘密。

カミーユ　秘密なら、たくさんあるよ。だれにも言っていない山のような秘密。エメには特に。特にね。両親にこっそり言うだけ、骨壷のなかの灰に。話す心配はないから。絶対に。

男　なにも言わない？

カミーユ　絶対に。

男　それなら、いい。

（沈黙）

カミーユ　かなり前から？

男　ここに？

カミーユ　この建物に。

男　二、三年。その前は別の場所。段ボール。あばら屋。ドアをこじ開け、メーターを細工して、ごみをかたづけなければならないような廃墟。空っぽの事務所には私のようなやつらがほかにもいた。それぞれ自分の居場所があって、まんなかにコンロ、仲間意識を保つため、コーヒーを沸かしたり、食事をつくったりした。時には犬もいた。段ボール。古い毛布。ある晩川が溢れて流れてきたテントを張って公園にいたこともある。

カミーユ　上に住んでいるんですか？

男　住んでいる、というのかどうか。隠れている。昼間は寝て過ごしている。動かないようにしている。天窓を横切って雲が速く流れるのが見える。雨があがると太陽。夜は、建物のなかを歩く。ある階から次の階へ。ドアごしに聞いている。地下室へ行ってみる。全員のことを知っている。あなたがたのこともほかの人たちのことも。行ったり、来たり。音を立てずに。忍び足で。それから出かける。あたりを少し歩く。明かりを避けて。監視を避けて。人との接触も。なにか食べるものを探す。施設の入り口で。パーティ会場の裏で。トラックの前で、朝。時間を見計らって。

カミーユ　何時に？

男　明け方。昼と夜の間の、一瞬の静寂。そこで、戻らないといけない、ここに。ドアを閉めて、また聞き耳を立てる。起きる人、顔を洗う人、大きな音でラジオを聞く人。そして日が昇ると、ようやく動き回るのをやめる人たち。

カミーユ　私たち？

男　そう。不眠症の二人姉妹。

カミーユ　引っかき回しているのは、エメ。動かして、絶えず家のなかを変えている。私は座って耳を澄ましている。

（間）

男　忘れられたんじゃ？

カミーユ　姉はすぐ戻ってくる。コートとマフラーと帽子を取りに行っただけ。寒くないように。

男　あなたはスリッパですよ。

カミーユ　誰も気づかないよ。

(間。沈黙。明かりが消える)

(男が明かりをつける)

男　目が見えないのですか？

カミーユ　わかります？

男　私を横から見てる、ほんの少し上の方を、耳をこちらに向けて。

カミーユ　あなたのこと、聞こえたことがない。

男　それは、お姉さんが動き回っているせいです。

カミーユ　それにしても。私たちの真上でしょ。軋む床なのに。私の耳は鋭いのに。かなりいいはず。

男　忍び足で歩いていますから。ずっと。

カミーユ　二、三年って言いましたね。

男　その通り。十二月でした。もうすぐ三年になります。

カミーユ　どこから来たのですか？

男　言ったでしょう、いろいろ渡り歩いてきた。あちこちで生きてきた。あばら屋、家具付きの部屋。ベンチ。石の橋。星空の夜。袋小路。湿った廊下。ホテルや寮。間仕切り壁のすぐ後ろでお隣が聞こえるような部屋。笑ったり、泣いたり、再会を祝して一晩中飲んでいる人。歌ったり、どなったり。笑い声、涙、咳、唾。殴る音、皮膚にのめり込む乾いた音、もっと乾いているのは、壁にたたきつける皮膚と骨の音。いびき。喜びを与えあっている熱のこもった息づかいと、ページをめくる音。飢えた男たちが分かち合っているやかましい女の子たち。

カミーユ　盗み聴きしているのね。

男　私はじっとしていなければならない。時間をつぶしている。聞こえてしまう。つんぼにならない限り。または死ぬか。

（間）

彷徨う盗人、それが私の職業。

カミーユ　他の人のもので暮らしているのね。

男　いつも、隠れて。

カミーユ　じっと待っては拾い集める。

男　残り物、そう、こっちを少し、あっちを少し、野菜の皮、残りくず。失敬して、それから見られないように祈る。

（間）

カミーユ　もしエメが知ったら。

男　約束したじゃ……。

カミーユ　でももし今すぐ、降りてきたら。

もし聞き耳を立てていたら、ドアを半分開けて……。

もしかして通報しているところかも。

男　電話、あるんですか？

カミーユ　いいえ。ずっと前からありません。

でも、窓から。ベランダから助けを呼ぶ。

あの子ならやりかねない。

もし私たちの話を聞いていたら。

もし私たちの不意をつこうと思っていたら。あなたは泥棒、私は双子の妹。

わからないじゃない。人は恐れたり、驚くとなにをするか。

嫉妬、もね。

男　あなたをおいて行きます。

通りへ逃げます。

カミーユ　ここから遠くに?

男　ちょっとその辺を。一、二区画。公園まで。わかりますか?

カミーユ　私は目が見えません。ずっと前から。

男　ええでも。前は。

カミーユ　エメがいつも一緒だった。

男　その前。

カミーユ　私たちはほとんど出かけたことがない。

エメはね、でも私は……やることがあったから。皮むき。スープをつくるための野菜の。

男　すぐ裏に公園があるでしょう。

カミーユ　エメはなにも言わなかった。公園のことは聞いたことがない。あなた勘違いしているのよ、公園はもっと遠くです。ほかの街に。

男　私は行きますね。その方が賢明だ。

（間）

カミーユ　時間がかかっていると思いませんか？

男　お姉さんのこと？

カミーユ　そう。コートを取りに上がって行った。
マフラーも。

男　帽子も。

カミーユ　見に行ったほうが。

男　私？

カミーユ　私の前に。あなたが私の目になってください。

男　私は出かけるんです。少し歩く。ちょっと捜しものをしに。

カミーユ　上に行くのを手伝ってください。階段だけでいいですから。ドアの前に私を置いていってくれれば。エメが出てきて私の手を取ってくれますから。
あなたは隠れてください、大丈夫です。

男　上に。

カミーユ　腕を貸して。

（ふたりは立ち上がる。男は彼女の腕をとり、向きを変えさせる。ふたりは階段をあがる）

（上の階の踊り場）

カミーユ　エメ？　エメ！

なにが見えますか？

男　ドアが少し開いています。

カミーユ　それから？

男　暗闇から少し明かりが見える。壁に影が。

蠟燭のようです。

カミーユ　エメは電球が嫌いだから。

それから？

男　ドアの隙間からでは。

カミーユ　押して、先に進んで。

男　行きましょう。

（間）

カミーユ　どう？

男　家具や置物が散らかってる。めちゃくちゃだ。工事現場か、泥棒が入った後みたいだ。

カミーユ　まずリビング、ですか？

男　たぶん。それか寝室。洗面台が、壁際に。
なんて言ったらいいか。
埃。皮くず。置物、紙。
写真。
家具の上の蠟燭、壁に影がうつってる。

カミーユ　エメは？

男　ここにはいない。

カミーユ　先に進んで。

男　気をつけて。足をあげてください。
気をつけて。私につかまって。
もうひとつ部屋が。同じ。
窓がない。タンスがななめになってる。
ソファの上にシーツ。
あいた缶詰。スプーン。かけたコップ。止まった時計。いつの時間をさしているのかわからない。
カミーユ　続けて。もう一部屋あるはず、そこ、あなたの目の前。
男　ベッド。

（間）

カミーユ　あなたの目の前。
男　誰かがうつぶせになっている。
カミーユ　エメ。
男　ほかに誰が？
カミーユ　エメ。
眠っているの？
男　眠っている？
そう、寝ているんでしょう。
カミーユ　疲れて？
男　そうでしょう。疲れて。少し横になっている。少し休んでいる、あなたを迎えに行く前に。

音を立てないようにしましょう。

カミーユ　エメ？

男　うつぶせになってる、壁に顔を向けて。きちんと。

カミーユ　コートは？

男　すぐそこ、彼女の脇に。コートが二着、マフラー、帽子。ハンドバッグ、緑色の皮のきれいなバッグを握っている。

（沈黙）

私は行きますね。

カミーユ　もう少しいてください。

男　私は戻らなければなりません。

カミーユ　いてください。

男　長居をしすぎた。

カミーユ　ここにいて。

男　明日また来ます。
カミーユ　私たちに会いに？
男　約束します。明日。あなたのお姉さんとあなたに。
カミーユ　ここにいて。
男　上に戻らないと。夜明け、ですから。
カミーユ　夜明け？
男　静寂の時間、夜と昼の間の。この瞬間、まさに、今。
カミーユ　ええ、あなたの合図。あなたの夜中の十二時の鐘。
男　夜明け。
カミーユ　聞こえるような気がする。
ほら、耳を澄まして。この静寂。

（間）

男　なにも動いていない。

（間）

カミーユ　耳を澄まして。
男　鳥のさえずりが聞こえる。もうおしまい。
（沈黙）
戻ります。
カミーユ　私もねます。
男　そうです、三人ともねるんです。あなたたちはここで、私は上で、誰にも知られないで。
カミーユ　隠れて。
男　私たちの秘密ですよ。
カミーユ　絶対に言わない、約束します。
男　行きます。
カミーユ　戻ってきてください。

（男は出ていく）

ここにいて……。

〈終〉

火曜日はスーパーへ

ジャン＝マルク・ブールクへ

女、前に出る。
観客と向き合う。
しばらく続く。

火曜日はみんなが私のことを見る。みんな。
横目でこっそり見てるつもり、でもわかってる。
火曜日は向こうへ行って手伝いをする日、掃除に洗濯。アイロンがけ。
彼はソファに座ったまま、足をちょいとあげて指図する。
医者はなにもしてくれない、せかせかしないようにと言うだけだって言う。

仕方がないって言う。俺は年をとっているんだから。しょうがない。
監視してる。指をさす。全部見てる。
おまえ、どこで箒の使い方を教わったんだ？　って言う。

ほとんどなにも言わない。文句も言わないからなにを考えているかわからない。

私はひとりでしゃべってる。私がなにか訊ねても答えは返ってこない。

火曜日は決まって向こうで過ごす、こまごまなんでもやる。テーブルクロスを払う、シーツを取り換える。ごみ箱を空にする。

雑巾がけもする。空気も入れ替える。

私が目の前や周りや足元で動き回っても、動きもしないし手伝ってもくれない。私はもういつもの格好でこの家に来てるけど、どう思われているのか気になる。

私はいつものままだしいつもと同じ服を着ている、まさか女中の前掛けをしているわけでもないのに。

おまえはまた女の子のまねをしてるのかって言う、そう言っても笑ってない。責めてる。何度も言う。口癖みたいに。

ガウンを着て座ったまま、私から目をそらさない。このガウンいつから持ってるのかしら。そこでじっと私を見てないでシャワーでも浴びてきたらって言ってやりたかったけど、そのかわりに、いい一週間を過ごせた？　って訊ねる。

火曜日はそう、毎週必ずここにいる、ここに来られるようにやりくりする。

ずっと前からじゃない。この数ヶ月。

ママがいなくなって、パパがひとりになってから。

なにもやる気がない。おぼえる気もない。それは母さんがやっていたって言う。それも母さんが。

ママがいたときは、命令するだけでなんにもやらなかった。

だから今、途方にくれている。

ほかにどうしろっていうの？　パパには私以外誰もいないし、私はここから電車に乗らないと行かれない町で暮らしている。そりゃ近所の奥さんたちはいるけれどそんなうまくはいかない、人付き合いが下手な人だから。

仕方がなかった。

ほかにどうしろっていうの。

だって飲み食いさせないで汚いまま放っておくわけにいかないでしょう。


火曜日は、朝一番の電車で行って夜戻ってくる。それ以上は無理。私には私の生活がある。

丸一日とられちゃうんだから。

朝食にパパを起こして雨戸をあける、鍵を持っているからそっとなかへ入る、まだ寝ていて、私だとわからなくて、なんだなにがほしいんだって言うのがきこえることもある、逆にもう起きていて、私が入ってくるのを見ていることもある。ソファに座って私が入ってくるのを見てる。

いつも初めてみたいに私を見る。いつも同じ目つきで私を見る、いったいなんなんだこれは？　おはようとも今日はどうかねとも言わない。どうしてこんなことがありえるんだ？　って目で言ってる。

慣れてくれない。

私はこの町を自分の家を出て長いこと戻らなかった。パパはこれからここでひとりで暮らす。自分の家って私は言う。長いこといなかったのに。

パパの家に行くとき、自分の家って言う。自分の家に戻るって言う。私は子どもの頃、ここでこの町でずっと過ごした。私のことをおぼえている人たちもいる。もちろん男の子の私を。

私がこんな姿で戻ってきて彼らの前にあらわれた日のことを私は覚えてる。ママとパパ。ふたりともまだ元気だった、パパはひとりぼっちじゃなかった。

その日のことを覚えている。

初めてこんなふうに変わって女の格好であらわれたとき、なじみの道や場所もなにか特別な感じがした。人にも壁にも石にも見られている。顔をじろじろ見られる。ちがう。じろじろって顔だけじゃない。頭からつま先まで全部。四方八方から、ぐるぐる回されて揺さぶられて、なにかおかしいところを見つけようとする。ずっとこうだったのに、そう心はね、それ以来ここの人たちは私の身体のラインをじろじろ見る、前の私を知っている人たち。前の私を思いだそうとする。ママとパパは食卓で隣り合って座っていた、初めてこの姿の私が目にはいると、ママは茫然とし、パパは即座に立ち上がって隣の部屋へ行ってしまった、隣にあったのは台所。ドアがバタンと閉められて、私たちはふたりとも黙っていた。なんでもないふりをするのに、なにを言ったらいいかわからなかった。

たしか私は、そうなのって言った。ママはそうって答えた。

私はしばらくいて、結構長く感じたけど本当に長かったのかどうかわからない、そして初めてのヒールでフラフラしながら出ていった。

火曜日に決めた。なぜだかよくわからないけど。パパがやらないことを全部やりに来る日。やり終えていないことすべて。掃除洗濯洗いもの。整理整頓。きれいにして空気を入れかえる。

パパはじっとしたままあまりしゃべらない。私をじっと見てる。部屋から部屋へついてくる。私はなんでもないように振る舞う。

ジャン＝ピエールって言う。

おはよう、ジャン＝ピエール。

ありがとう、ジャン＝ピエール。

ちがうって私は言う。

マリ＝ピエールよって言う。

ジャン＝ピエールだってパパは言う。

今はマリ＝ピエールよって何度も言う。繰り返してって言う。言ってみてって言う。さあって言う。

マリ＝ピエール。マリ＝ピエール、わかった？

笑ってる。

喉が渇いたって言う。

水をくれないかって言う。

いつもそうだった。

命令して手を伸ばして口を閉めたまま、人が持ってきてくれるのを待ってる。

私は水を一杯持ってくる、水道まで三歩で行って三歩で戻って来られる、難しくないし疲れもしない、自分でできるのに。

体だってまだ動くのに。

アイロンをかける。下着をたんすの引き出しにきれいにしまう。

パパの下着をたたむなんて思いもしなかったって言う。

それにしても、ジャン＝ピエールって言う。

ズボン、ズボンをはいたらどうかね。

私の名前はマリ＝ピエールですって言う。

食器棚にしまう前に、食器を拭く。きれいな布巾で食器を拭くのは気持ちがいい。私が小さい頃ママがいた時に使っていたお皿がまだある。小さい頃、心はすでに今と同じ、みんなに男の子って言われても私はもう女の子だった、お皿を片づけたり食卓の準備をするのが好きだった、ママは手伝ってくれるなんてやさしいわねって言ってくれた、私は洗いものだってやりたかったの。それにしてもジャン＝ピエールってパパは言った。

いつもそう言われてた。

それにしても。

来る途中ずっと、電車の中、駅から家まで歩く間、なんて言おうか考える、なにを話そう、こう言ってみようか、そうそれがいい、すべてを包み隠さず話そう、その方がシンプルだし、気持ちが楽になる、でもパパの前であのだんまりの前で頭が真っ白になる。

パパだって今日はああ言おうこう言おうと考えていて、でもなにも言えないのかもしれないのに。

火曜日は、掃除と洗い物が終わると買い物に行く、道を下ってスーパー*へ行く、あそこはとても便利で、散歩がてら行けるし、なんでもある、火曜日はスーパーへ行って買い物をする、一週間分の買い置き。

私の家の近くの店へも買い物に行くけれど、知らない人ばかり、匿名っていうのよね、そういうの。こっちは勝手がちがう。ここには知っている人がたくさん。


パパの出かける支度をする。きれいにアイロンをかけたもの。出かけるためのもの。

パパはご機嫌ななめ。

なぜ日曜のよそ行きの服を着るんだ、火曜なのに？　って言う。

とにかく着替えさせて、私は洗面所に行って化粧をなおす。いつかは着替えだけじゃなくまるごと身体を洗わなきゃならなくなるかもしれない。

私は化粧をなおして、正しい位置になおす。

準備完了。完璧。

パパはちゃんとした服を着てる。

私は買い物リストに細かく書き込んだ。一週間分の必要なもの。

そんなもの役に立つかってパパは言う、向こうで考えればいいんだ。

買い忘れのないように、細かいリストをつくってあるのに。

私はチェックのショッピングカートを持つ。

選んだのは私。

前は私、手いっぱいに荷物を持っていた、ある日、日用雑貨店の前を通ったときに、これよ、買い物に行くのにパパに必要なのはって言ったの、本当は、これよ、私に必要なのはって言いたかったんだけど。

俺には似合わないだろう？　って言う。

私はドアに手をかけ、行くわよ、ほら行くわよって言う。

準備はいい？

それにしてもってパパは言う。

その格好で出かけるのか？　って言う。その格好で？

ドロワット通りを下って行く、パパはいつも離れて歩く、突然なにかを見つけたようにウィンドウを見る。腕を摑もうか、力づくで引っ張っていこうか、家族なんだからそうしてもべつに悪いことないじゃないって思ったけれど、パパとは別々に、こうしてゆっくりと離れたままスーパーまで歩いていく。

私はそれでもパパの娘なのって思う。

＊仏語ではMonoprix（モノプリ）、自社ブランドを持つ大きめのスーパーマーケット。日本でいうとイトーヨーカドーやダイエーか。

たまに知っている人とすれ違う、ここには知り合いが多い、特にパパはずっとここに住んでいるから、私みたいに子どもの頃だけじゃなくてもっとずっと前から、それに今じゃ週に一度火曜日、毎週火曜日、遠くに知っている顔が見えると、パパは歩みを遅くする、私からもっと離れて一緒に歩かない、私に背を向けて挨拶したり話したりしている間、私は遠くで待っている、でも時にはばったり出くわしてしまうこともある、名前はもう覚えていないけどガンベッタに住んでいたころの近所のおばさん、彼女は微笑んで、私を見て、もしかして……？　って言う。

パパがそうですって答えると、きつねにつままれたみたいな顔で立ちつくす。

私は手を差し出して、マリ＝ピエールですって挨拶する、お久しぶりですって言う、お元気ですかって言う。おばさんの口元は少しひきつってすました感じで、年とったパパの面倒をみるなんてやさしいのね、やさしいわねって言う。

掃除洗濯洗い物をしてるんですって言う。アイロンがけもします。

今から買い物に行くとこなんです、そこのスーパーまで、なんでもあるしとっても便利って言う。

そうね、本当に、店員の感じもいいしなんといっても品質が、質がねって言う。

パパは遮って、もう行くぞって言う。

付き合いの悪さ丸出し。

頭にはベレー帽、サスペンダーもしてる。

おばさんは微笑みながら、私のことをじろじろ見る、私が誰だかわからないみたいに。ちゃんとわかってるのに。誰だったかそしてこれからは誰なのか。


俺はなにもいらないって言う。

お腹もすいていない、ぜんぜんって言う。

俺はひとりきりでどうなってしまうんだかって言う。


私たちはスーパーに入ってカートを取る、私は近くのレジの女の人に挨拶をする、彼女がアンドレさんこんにちはって言うと、パパはふらふらとその人のところへ行って話をする、その間私はイヤホンとかをつけた大きな黒人の警備員の近くの扉のところで待っている。

こんにちはって言っても返事をしてくれない、そういう決まりなのね、私を一瞥して監視を続ける。


私たちは野菜売り場へ向かう。

リストどこにやったかしらって言う。

ハンドバッグのなかじゃないかって言う。

ハンドバッグのなかじゃないか、ジャン＝ピエールって言いそうになったけど、こらえた。

パパと一緒じゃなかったら、ハイヒールを履いてリズミカルに歩いて、化粧品や下着やお洋服のコーナーでわぁって叫び声をあげる、ねぎやグレープフルーツやきゅうりを見て、甲高い声で、あら！　あらら！　見てなんて大きいんでしょうって言ってる、パパだってそうするって思ってるはず、でも今はやらない、静かにただ、お昼はなに食べたい？　って訊く。

棚の間を行ったり来たり、見て選んでカートに入れる、パパは相変わらず私と距離をおいて、缶詰かなんかのラベルを読んでいるふりをしている、まるで秘密か契約事かなんかが書いてあるみたいに。

まだか？　ってパパが言う。

俺はひとりでなんとかやっていけるって言う。買い物くらい、朝飯前だ。

ある日ある火曜日、一日中パパの世話をして一緒にいて、スーパーに来て、店の真ん中で、私は大声で叫ぶ、だってパパったらずっと遠くにいるから、ひとりでいたいならもう来ませんから、そうしましょうって言う。

俺を老人ホームに入れてしまいたいんだなってパパは言う、金をかけないで長くいられるからな、そうなんだろう？

おまえのために一生かけてしてやったのに、こうやって恩を仇で返すのかって言う。

ちょうど私たちの目の前に小さな女の子が、シリアルの箱を戻そうとしていた手を止めて、私たちを見つめ、しゃがんで私たちの会話にじっと耳をそばだてる。

その子の目は私に釘づけ、ちょっと怖気づいて、私とパパの間を行ったり来たり、興味津々。

その子に、なんか意地悪なことを言ってやろうかと思った、なに見てんのよ、もっと近くに寄ってあんたに聞こえるように大きな声でしゃべってやろうかって。

パパに会いに来たいのよって私は言う。

もっと話をしましょう、私についてなにも訊かないのね。

パパは笑ってる。私の質問になんて答えたらいいかわからないときの、お決まりの微笑み。手をぶらぶらさせて間抜けな顔で微笑んでる。シャンパンの瓶を見る。値段を比べる。

うまいやつは莫迦みたいに高いなって言う。


いろんな棚に行って、リストにチェックをしていく、リストにないもの余分でも気に入ったものをカートに入れる、パパは近くにる、ぶつぶつ言って振り向く。

ちょっと見てって私は言う。これどう思う、このジャムどう、好き、買ったら食べるって訊かれるもんだから、パパは屈んでこっちに来ざるをえない。

パパは私のすべてが気に入らない。

ひげが見えてるぞって言う。

こんなの女じゃないって言う。

なに考えてるんだ、どう思ってるんだって言う。

ごつすぎる。

ごついんだ、ジャン＝ピエール。

やめて、パパって言う。みんなに見られたいのって言う。

私は先に行く。

リストの買い物を続ける。一週間分の買い物。

買い忘れてはだめ。

パパに会いに来たいのよって私は言う。

一緒にいて手伝いをして火曜だけでも寂しくないように、こんな風に突然ひとりきりになるのはつらいもの。

今日は一緒になにをするって言う。

なにをしてほしいって言う。

パパは私を見る。

私を見る、つぶさに見る、違う方を向いてほしいのに私をつぶさに見る、今の私をつくっているものをすべて、少しずつはぎ取っていく。

パパにはジャン＝ピエールしか見えない。

下から。

後ろから。

家にいるしかないってパパは言う。

家ならって言う。

離れていってまた私と距離をおく。


買い物リストのとおりにあちこち見て時間が無駄に過ぎる、一日中ぶらぶらしてるわけにもいかないので、いい加減切り上げてレジへと向かう。

ここのレジはいつも並ぶ。

もっと早い時間だとこんなに混んでいないだろうけど、どうにもできない。みんな同じ時間に来る、みんな毎日来てるけど私たちは火曜だけ。

あっちは誰もいないのにどうしてここで待っているんだってパパは言う。あっちのレジへ行こう、あっちのレジに！

ああもう遅い、ここにいるしかないじゃないかって言う。

宙を見つめてる、私と一緒にいないみたいに、宙を見つめてアンドレさん大変でしょうって後ろにいる人に言ってもらっている気分でいる。私はパパをじっと見つめる、じっと見続ければ振り向いて私の方に目をやって私を避けないでこっちを向いてくれるだろうって思うから、パパは振り向いたと思ったら、行ったり来たりするだけだった。私をかすめて。

どうしたんだ？　どうして俺を見てるんだ？　って言う。

ベレーが曲がっているのか？　って言う。

大きな声で。

わめく。

周りの視線を一気に浴びる。

じろじろ見られる。

みんなの注意が私たちに集中する。

消えてしまいたい。

パパ、前につめてって言う。

それ取って、こっちに並べないとって言う。

来なければよかった。

みんな普通にしてるけど私にはわかる。みんなキョロキョロして、私に視線をとめたと思ったら私に驚いてパッと目をそらす、アメンボが水の上をスイスイ行ったり来たりするみたいに。

私は前かがみになってパパだけに聞こえるように小さな声でヒソヒソ話す、みんな私のことを見てるのよって言う。

なんでそう言ったのかわからない。

お前んちの方の店じゃあ誰もお前のこと見ないのかい、そんな変な格好をしてるのに？　って言う。

火曜日、そう。私はスーパーにいる、並んでる。じろじろ穴が開くほど見られる、服の下はどうなっているのかこんな風になる前はどうだったのか想像して楽しんでる。

これが火曜日って自分に言い聞かせる。


私たちの番。

こんにちはって私は言う。

レジ係の男。いつもここにいる、なぜか知らないけれど、この店のレジ係は自分の持ち場が決まっているみたい、必要なものがすぐ手にとれるように、自分仕様にしてある。たぶん。私はいつもこのレジに来て、たいていこの人がいる、火曜日にここへ来ると。にこやかで感じがいい。こんにちはって言ってくれる。こんにちは、だけ。この三番レジのとなりを担当している女の人は顔見知りで、私がいるのがわかると大きな声でこんにちは、旦那さま方って言う。でもこの人はただ、こんにちは、だけ。とても普通に。

こんにちはって言ってくれる。

来なければよかった。

彼が品物を手に取る。慣れた手つきで手際がよい。バーコードを読みとるヤツを通すたびにピッと鳴る。値段を言う。私のことは見ていない。よそを見て言う。五四ユーロ八〇。私のことは見ない。私たちの後ろや隣のレジで待っている人たちを見てる。まるで私がいないかのように、私はここにいるのに。

私はスーパーのレジにいて、食べるもの大して意味のないものを買ってお金を払う。私は女。私は女、父親の付き添いで火曜日はスーパーへ行く、買い物を手伝う、荷物を持つのは私、私の名前はマリ＝ピエール。いたって普通。ありふれた名前。


高い、高すぎる、こんなに高いなんておまえはなにを買ったんだってパパは言う。

便乗したなって言う。

俺だっておまえがほしいものをすべて買ってやるわけにはいかないって言う。

私たちの後ろで大勢待ってる。そうよ確かに少しは。そうよ少しは、私のものをかごに入れたわよ、それらを手にとって上にあげて、買おうか買うのをやめようか躊躇っている様子をみんなの前でパパに見せつけてやろうかしら。便乗したなって言ったのを恥ずかしいと思わせてやろうかしら。

レジ係の彼はにこにこしている。私たちを見て微笑んでる。

なにか買うのをやめますか？　って言う。

いいですって私は言う。いいですこれで。

これがありのままの私。これがそうなの。

買い物カートにつめる、私のチェック柄の買い物カート、両側にタイヤが三つずつついていて階段や歩道の段差を楽々上れるすぐれもの。

パパはとっくに出て行ってる。外で私を待っている。

私は品物を集めて整理する。

後ろでみんなが待っている。普段は次から次へと進み、無駄な時間を過ごすことはない。台の上に置かれたものはレジを通ってお金を払ってカゴかスーパーの透明なレジ袋に素早く入れられる。

今はちがう。時間がかかってる。

みんな私を待っている。私は注目の的。

私が時間を止めて奪っている。

私がパパと一緒に買い物に来るから、火曜の朝のスーパーはいつもより賑わってるのかもしれない。みんな見逃がすまいとやってくる。噂が広まってる。火曜。火曜の朝。十時から十時半。アンドレさんとその息子か娘かよくわからない人がやってくるよ。

私はいつもこのレジに来る、柱の裏側にある一番奥のレジ、柱の上には鏡がついているから私はこのレジが好きなの、ちらっと眼をやって自分の姿を見る。

私は列に並んでいる、前の女性が進んではやく自分たちの番になって、自分たちの品物がレジを通るのを待っている、鏡で自分の姿を見る。手で髪を整える、それから胸の位置を確かめて、私を締め付けているブラジャー*を直す。私は子どものころ意味がわからなかった、喉＝ゴルジュに胸の意味があるのを知らなくて、ここは喉じゃないのにって不思議に思っていたの。
鏡で自分の姿を見る、自分と目が合う、じっと見つめて、私の本当の姿はこうなんだって思う。

パパは手伝ってくれない。先に行っちゃってる。
先に行ってるからってパパは言う。あそこで待ってるからって言う。
鎖で繋いでおいて私の言うことを聞いてほしい。
私のそばにいて周りの人たちに私は見世物じゃないって言ってほしい。
パパは先に行ってしまう。
なにも言ってくれない。

長い。終わりそうにない。
なんか時間が止まってしまったみたい。

自分の番が来るのを待っている。私の前にいる人を数える。カゴやカートを持って私の後ろに並んでいる人を見る。振り向くとつくり笑いを浮かべた人たちと目が合う。

話し声が聞こえる。男？　とか女？　とか聞こえる。

あれなに？　って聞こえる。

かわいそうにねって聞こえる。

こそこそ、ぼそぼそ。

吹き出したり肘をつついたり。

破廉恥て聞こえる。

私はこの言葉を知らない。聞き間違えたのかも。女だって聞こえる。**

私は女よ。

私はずっと女だって思っているのに、やつらにはわからない。

誰も知らなかっただろうけど、小さい時から私の心は女の子だった、これからは公然とありのままの姿でいる、そうしようと決めたの。


列に並んで支払いを済ませる。

買い物カートに品物を入れる。

もう一度鏡を見る。私の向かいに、買ったものを整理して出て行こうとしている女の人がいる。

*仏語では soutien-gorge（スティヤン・ゴルジュ）、ゴルジュ＝胸を支えるものの意。
＊＊仏語では「破廉恥」infâme（アンファーム）と、「女」une femme（ユンヌ・ファーム）は音が似ている。

私はその人に微笑む。

きれいな人。

なんか。寂しそう。

この人知ってる、火曜日にスーパーで必ず見かける、いつもこのレジに来て私を見てる。合図を送る。会釈をする。彼女も私に会釈する。

いつも男の人が一緒にいる、この人より年上で、離れている、ぼんやりした様子で、退屈なのかしら。


なんて言おう?

火曜日にスーパーでお金も払って荷物も詰め終ったら、なんて言う?

さあ帰りましょう、なにか食べましょう、疲れたでしょうって言う?

アイロンがけがまだ残ってたわって?

もうおしまい、これで最後、もう来ない、ほかの方法を見つければいいんじゃないって言う?

もううんざり。

正直うんざり、私がまるでいないかのような態度をとる。

なんて言おう?

なにか言ったほうがいい?

私が買い物カートを引いて外へ出ると、あたりを見渡してパパがどこにいるか探す、もう家へ向かって歩きだしている。

来なければよかった。

ちょっと？　どうする？　まっすぐ帰る？　って私は言う。

パパと並んで歩く、カートのタイヤが少し軋む、いつもこうだ、キーキーうるさいなって言う。油を注してやろうかって言ってくれたって、この買い物カートは便利だな、お前が重たい荷物を持たなくてもすむんだからって言ってくれたっていいじゃない、でも言わない。手伝うのは私の方。

パパの世話をするのは私。

私はひとりで会話する。

ここで休まない？　テラスでコーヒー飲まない、おごるから、ここのはおいしいでしょ？　って言う。

今朝もう飲んだし、コーヒーの飲みすぎは体によくないってパパは言う。

席につく。パパはちょっと斜めを向いている。反対を向いてる。

まるで他人みたい。見知らぬふたり。

なにをしてもなにを言っても無駄、パパは私と同じテーブルにいるんだから。

パパは生ビールを私はミネラルウォーター*を瓶で頼む、水ってどういうことだって言う。みんなと同じようにどうして生ビールを頼まないんだ？

ここのウェーターは顔見知り。同じ中学校に通っていたの。ともかく。中学で一緒だった。同じクラス。

私のことがわからない。ふりをしてる。

わかっているのに。

旦那さま方いや奥さまって言う。

あらピエリック、元気、ピエリック、放課後残って一緒に勉強させられたのおぼえてるって言ってやってもよかったけど、私はサングラスをかけて、なにも言わないで彼を戻らせた、私は木々を眺めている。

新緑がきれいねって言う。

俺にはわからないってパパは言う。

俺は次から次へと忘れる、名前もなにもかも、夜ひとりでいると怖いんだって言う。

突然やってきて、沈黙が重くのしかかるんだって言う。

おまえはどうして、どうして俺にこんな仕打ちをしたんだ、まったくって言う。

これじゃあおまえの母親だって言う。

私は水を飲む。

ママは関係ないでしょって言う。

むしかえすのはやめましょうって言う。

ジャン＝ピエールってパパは言う。なんだジャン＝ピエール。

私は組んだ足を組み直し、パパに私の足を見せつける、つるつるの素足を、これでわかるでしょう、まだジャン＝ピエールが目の前にいるって言うつもり？


それにしてもってパパは言う。


ふたりで長居をする。

パパはためらってから話し始める。俺はって言いかけてやめる。

私は少し待つ。

七三年を覚えているかって言う。

お前の母さんがばあさんの家に行っていたとき、四日ぐらいだったかな、ふたりでって言う。

おぼえてるかって言う。

＊仏語ではVichiy（ヴィシー）、ヴィシーに源泉を持つ天然微炭酸のミネラルウォーター。

ふたりでしたいろんなこと。

一緒に見たいろんなもの。

自転車で運河沿いを走って夜カフェに行った、遅くまでいたよな。

静かでのんびり。

心地よかったな？　って言う。

違うか？

おぼえてるだろう？

楽しかったなって言う。男同士で。大笑いしていろんなものを見せてやった、だろう？

いろんなことを教えてやっただろう？

昔のことよって私は言う。

もうよく覚えていないって言う。


間髪入れず答えてやる。パパの間違いを正す。

お前は目立ちすぎる男だ、みんながお前のことを見てるって言う、目立ちすぎる女よって言い返す。私は目立ちすぎる女、みんなが私のことを見てるって言いたかったんでしょう、私にどんな格好をしてほしいっていうの？

私にどんなマリ＝ピエールになってほしい？

どんなマリ＝ピエールなら気に入ってもらえるの？

パパは笑う、とてもくつろいだふりをして、でもしばらくしてやめる。

なにを言ったらいいかわからない様子。

私にはパパの言いたいことがわかる、マリ＝ピエールはいらないってわかってる。

パパが望むのはジャン＝ピエール、俺のジャン＝ピエールを返してくれ、俺のジャン＝ピエールを返してくれ、かつてのジャン＝ピエールに戻ってくれって叫びたいのがよくわかる。

それは無理、わかってるでしょうって私は言う。

おしまい、消えたの。

ジャン＝ピエールは身体も心も消えてなくなった。

私の心はいつだってマリ＝ピエールだった、おぼえてないの忘れたのって私は言う。

おまえは普通だったたって言う。

俺には息子がいた。

お前の顔にも心はマリ＝ピエールだなんて書いてない。

どういうことか教えてくれってパパは言う。

どこからこんなこと思いついたんだ、お前の母さんがお前にスカートをはかせたりしたからか？

それにしても。

少なくとも違う名前を選んでほしかった。

今更無理だ、頭が混乱する。

やってみるが。でも簡単には。

わからない。女の子の名前さえあればいいってもんじゃない。


パパのことをよく考える、心配なのって私は言う。退屈なんじゃないかって。私はまだ夜が怖いの、おかしいでしょ、でもパパがいてくれたら怖くないのにって思うことがある。

俺が退屈してるってって言う。知り合いがたくさんいるから大丈夫さ。

どうにかやってるからって言う。

パパは突然立ち上がり私を置き去りにする。

行ってしまう。

私も立ち上がり追いつこうとする、追いついてパパの後ろを早足で歩く。


私たちは買い物を終えて家路を急ぐ、ドロワット通りを上る。

少し離れて歩いている、パパの横顔を見る、顔が真っ赤、闘牛かなんか動物みたい、頭に血がのぼってせかせかしているせいだわ、気をつけないと、身体を大事にしないと、先生に気をつけるように言われてるんだってパパは言ってた。パパは早足で歩くから疲れる。息切れしてる。

私はパパの後ろについて行く。一緒に歩きたくないと思っているのはわかってるから。

身体をこわすわよって言う。

だからなんだ？　ってパパは言う、そして女の人に出くわす、パパと同い年ぐらいのきれいな人、もう少し若いかも、ふたりはぶつかりそうになって、パパが少し後ろにさがった、ふたりは向き合って、彼女の方が微笑む、知り合いみたい、挨拶のキスをする、友達らしい、アンドレ、元気って彼女は言う、パパの腕に手を置いて、顔をあげてパパの後ろを見る。私を見る。

こんにちは、マリ＝ピエールって言う、アンドレの娘さんね。

私は前に出て、手を差し出す、私は少し震えてる、ふたりともよく知っているみたい、私はなにも知らなかったけど、この人は私の名前を知っている、私の存在を知っている、パパから私のことを聞いてるにちがいない、なんて言ったんだろう、初めましてって私は言う、ちょっとぎこちなく振り向いて、なんていうか、わからないように横目でパパを見る、下を向いて靴を見つめてる、いつもの靴、特にどうってことない靴なのに、アンドレから話をきいてるわ、やっと会えて嬉しいって彼女は言う。

パパはなにも言わない。

少しの間そのままでいる。

今日は火曜日だからって私は言う。

毎週火曜日に来てるんです、あれやこれや手伝いに、スーパーへ買い物に行ったり家のことをやったりって言う。
知ってるわって彼女は言う。
やさしいのね、誰にでもできることじゃないわって言う。
パパはぼそぼそ言ってる。なにか言ってる。
きこえない。
パパは下を向いたまま。
それではごゆっくりって彼女は言う。
お会いできて嬉しいですって私は言う。
今度家にいらしてくださいね、それかカフェのテラスでお茶でもって言う。
そうねって言って手を差し出して、それじゃあまたねマリ＝ピエールって言う。
お別れのキスをしましょうって言う。
彼女も私も近づいてお別れのキスをする。
パパと彼女もお別れのキスをする。
パパじゃないみたい。

買い物を終えて家へ戻る、ゆっくりとドロワット通りを上る。
前から知ってるのって訊く。

紹介してくれたっていいのに、なんていう名前って言う。

なにを言っているんだってパパは言う。

パパは突然疲れて歳をとってみえる。


私の家、つまりパパの家は。小さなアパートで少し臭う。食堂兼キッチンともうひと部屋。パパの部屋。色あせた壁紙。枕元のテーブルにはママの写真。それから、このドアの向こうにもう一部屋ある、でも私は入らない。絶対に掃除をしない。

どうしてそこでやめるんだってパパは言う。

埃がたまってるんじゃないかって言う。

この部屋もやってくれないか、処分するものがたくさんあるはずだ、空気も入れないとって言う。

いやよいやって私は言う。

やらないって言う。

そこへは入らないって言う。

どうして、おまえの部屋じゃないか？　って言う。

ジャン＝ピエールの部屋よって答える。

それでもジャン＝ピエールが戻ってきたら、自分の部屋がきれいだったら嬉しいだろうって言う。

パパはそう言って笑ってイライラしてる。

喉をガラガラいわせて咳をしてむせる。

私はなにも言わない。

なにもしない。

なにかできたかもしれないけれどなにもしなかった。

それが私の心をよぎる。

なにもしない。

妄想だってわかってるでしょうって私は静かに言う。

ジャン＝ピエールは戻ってこないのって言う。

私たちしかいないのよって言う。

だから。


それから食事をする。

十二時、昼食の時間、向かい合って食べる、あまり目を合わせることなく黙って食べる。

パパは音をたてる、いつも音をたてながら食べてた、コーヒーを飲むときも。

パパはなにもしゃべらない。

そっとお互いを観察している。

食事を下げて片づけてテーブルを拭く、パパは動かないで私の後ろの窓から外を見ている。向かいの建物の正面かなにかを。

私は食器を洗って拭いて、しまう。

洗濯が残ってる。十八時四十分の列車に乗って家に帰る前に、一週間分の洗濯をして干さないと。

浴室のバスタブの上にパパの下着を干す、来週の火曜日まで干しっぱなし。

カラカラに乾いて次の火曜日にアイロンをかけられてたたまれるのをじっと待っている。

乾燥機を買えばいいのに。

外へでてドロワット通りを下ってつきあたりのコインランドリーに、一台あるのは知っている、朝駅からくるときに前を通るから、その方がずっと楽、そこで乾かす、一時間か長くても一時間半、それくらい留守にしたって問題ないのよ、どうせ食事の後はソファに寝ころんでテレビをつけたまま昼寝をするんだから。

パパは嫌がる。

高い、それに外国人がやってるだろう、洗剤になにが混ざってるかわかったもんじゃない、使わない方がいいんだって言う。

母さんは全部手で洗ってたんだぞ。

私はパパのものを洗濯して干しに行く。

これが火曜日の昼食の後の私の日課。

すべて決められた通りにやる、無駄な時間をかけないでパパの世話をする。

例外はない。

外に出て運河沿いを散歩して、もっと遠くにバスに乗ってもっと遠くを散歩して戻ってきて、そうして気持ちのいい午後を過ごすこともできるけど。可哀想な洗濯物、来週までほったらかし、たんすは着ない服で一杯、着ればいいのに。

もっと遅い電車で帰ることもできるけど。

夜までいて二十二時の電車に乗ることも。


私はやることをやるだけ。


私のできることがなくなる時がくる。探しても無駄。

黙って座って、パパが目を覚ますのを待っている。

時には長く眠ることもある、疲れた時には。パパには身体を休める時間が必要。

パパの寝顔を見る。なにを考えてたらいいのかわからない。

パパの寝顔を見る、テレビを消したいけれど、驚いて起こしてしまうかもしれない。

パパが目を覚ますのを待つ。

少し時間が経つ。

まもなく目を覚ますはず。

私はパパの食事の準備をする。
今週のメニューを紙に書く。六日分。
ちゃんと準備してあるから、パパは取り出して温めるだけで済む。難しいことじゃない。
すぐに慣れるでしょう。

パパの上にかがんでキスをしてまた来週って言う、元気でねって言う。
パパは答えない。
また火曜日に来るからって言う、ちょっと莫迦みたいだけれど、ドアを閉める時にそれしか思い浮かばなかった。

それがパパに言った最後の言葉。

火曜日に私は戻ってこない。

火曜日にもう来ない。

もう一緒に出かけることはない。

スーパーもおしまい。


昨日の夜、私は仕事をしていた、つまりその夜は仕事場にいた、こんな風になってから働いているのだけれど、パパには話せなかった。

言えなかった。

でもパパも私の仕事のことを知ることになる。

そこら中に書かれるわ。

今朝の新聞でみんなが読むことになる。

私の名前が書いてある、私の苗字と私の名前。名前はふたつ。前の名前と今の名前。

昨日の夜、月曜日から火曜にかけての夜、私は働いていた、私は月曜から火曜の夜にかけていつも働いている、でも火曜の昼間にパパに会いに来るのが億劫だと思ったことは一度もなかった。

私は仕事をしていた、何時かわからないけれど、もう火曜になっていてもうすぐ夜が明ける頃、私が働いて生活しているこの町の多くの人が寝ている時間に、その男と一緒にいた、服を着たら突然、私の上に飛びかかってきて、一回、二回、何回も何回もナイフで刺された。数えられなかった、こんな状況で数えられるわけがない、私は男を見てどういうことかわかろうとした、男は出ていった、私はそのまま、静かに終わろうとしながら考えていた、これが私が最後に思ったこと、誰がパパの面倒をみるの、誰が毎週スーパーへ一緒に行ってくれるの?
私はそう思ってそして最期を迎えた。

〈終〉

解題

アヴィニョン演劇祭で生まれたテアトル・ウヴェール（Théâtre Ouvert）の試みは、今年（二〇一一年）で四十周年を迎える。この実験と創造のための劇場は、一九八一年からパリに本拠地を構えることになるのだが、この間ずっと、愚直なまでに同時代の劇作家の発掘と支援につとめてきた。その仕事ぶりは、職人的とも言えるだろう。ミシュリーヌ・アトゥンとリュシアン・アトゥン夫妻の率いるこの劇場のスタッフ・チームは、年に送られてくる何百もの作品を読み、作者と話し合い、アドヴァイスを与え、上演してくれる人を探し、世に送り出す機会をひたすら模索する。未発表の戯曲を声に出して読む機会（リーディング）をつくる。また、一部のテクストを「コレクション　タピュスクリ（タイプ原稿）Tapuscrit」として出版し、書店での販売とともに演劇関係者に配布する。あらゆる方法を使って、とにかくテクストが読まれる機会を増やし、最終的に演出家と俳優（たち）の手によって舞台の上にのることへと繋げていく。

書籍関係の仕事をしながら二本の小説（『少年 Des petits garçons』〔一九九三〕、『瓦礫の山 Un gâchis』〔一九九七〕を発表したダルレは、演出家や俳優との出会いをきっかけに劇作へと興味をひろげ、戯曲を執筆するようになる。初めて書いた作品『バディエ・グレゴワール Badier

Grégoire』(一九九八)、そして『影 Une ombre』(二〇〇〇)、『隠れ家 Souterrains』(二〇〇一)の初期三作品が、テアトル・ウヴェールの「コレクション タピュスクリ」より出版された。一九九九年からは、学校などで劇作のワークショップを行ったり、『ほら、お月さま Là-haut la lune』(二〇〇三)など青少年向けの作品も書いている。

今からちょうど十年前、世田谷パブリックシアターにおいて、テアトル・ウヴェールの協力のもとフランスの同時代劇作家の戯曲のリーディングを企画した際(「フランス現代演劇特集 ドラマ・リーディング15&シンポジウム――劇言語の力と可能性を求めて」、二〇〇一年十一月二十六日~十二月二日)、アトゥン夫妻に、紹介すべき劇作家を三人選ぶようお願いした。多くの劇作家のなかからふたりが挙げたのは、ミシェル・ヴィナヴェール、フィリップ・ミンヤナ(共に「コレクション 現代フランス語圏演劇」で紹介されている)、そしてエマニュエル・ダルレだった。ヴィナヴェール一九二七年生まれ、ミンヤナ一九四六年生まれ、ダルレ一九六三年生まれだから、それぞれの世代からひとりずつバランスのとれた選択、つまりダルレは若手の代表、テアトル・ウヴェールが発掘した、当時一押しの若手劇作家いうことになるだろう。

この時リーディング上演されたのが『隠れ家』(当時は『地下室』というタイトルで川村毅の演出。今回の出版にあたり、改訳とともに題名も変更)である。『隠れ家』は、はじめはラジオドラマとして、つまり聞くためのものとして書かれたという。そのせいもあってか、サスペンス調でテンポのいい会話は、聞く者/見る者の想像力を掻き立てる。とある建物のなかで、もの音に怯え、また隣人の会話に聞き耳を立てて一夜を過ごす二組のカップル、夜眠ることのできない年をとった姉妹、そして昼間は人目を避けてじっと夜になるのを待つ男、これらの人々を通して「誰もが自分の殻に閉じこもって、隣人さえ見ずに暮らす、人と人との繋がりがない、現代の私たちの生活」を描き出している。

『火曜日はスーパーへ Le Mardi à Monoprix』は、ダルレの代表作となった。演出家ジャン＝マルク・ブールクの委嘱を受け二〇〇六年に執筆、テアトル・ドー・モンペリエ Théâtre d'O-Monpelier で二〇〇七年一月に四日間ほど上演された。八月には、ポン・タ・ムッソンというリュクセンブルグとの国境近くにある小さな町で毎年行われている同時代戯曲のリーディング・フェスティバル「ラ・ムッソン・デテ La Mousson d' été」において、同フェスティバルのディレクターを務めるミシェル・ディディムの演出、俳優ジャン＝クロード・ドレフュスによって読まれる。この作品が注目を浴びるのは、翌年ディディム、ドレフュスのコンビで本格上演されてからで、二〇〇九年には戯曲の出版とテアトル・ウヴェールで一ヶ月間のロング・ラン上演、二〇一〇年には同劇場で再演、それ以降フランス各地を回って上演された。このひとり芝居（舞台上にはもうひとり、コントラバスの伴奏者がいる）は、二〇一〇年と二〇一一年、二年連続でモリエール賞の最優秀フランス語圏同時代劇作家賞と最優秀男優賞とに（二〇一一年には、加えて最優秀カンパニー賞にも）ノミネートされた。

やや細に入ってしまったが、戯曲が執筆されてからリーディングや試演を経て上演、そして再演にいたるまで、作品の寿命がとても長いこと、そしてその間、テアトル・ウヴェールやラ・ムッソン・デテといった作家をサポートする地道な活動が着実に機能していることがおわかりいただけると思う。

『火曜日はスーパーへ』では、『隠れ家』の後半に出てくる、昼間は建物のなかにじっと身を潜め夜中に徘徊する男に共通する「視線」が大きなテーマとなって展開される。毎週火曜日、父親の世話をしにやってくるマリ＝ピエール（女性の名前）は、かつてはジャン＝ピエール（男性の名前）だった。現実を受け入れることのできない父親との分かり合うことのない対話が、マリ＝ピエールによるモノローグという形式で綴られる。スーパーで出会う人たちの見世物を見るような突き刺さる視線、見て見ぬ振りをする視線、まるで存在しないかのような無視する視線の描写が、世間から普通でないと烙印をおされた、自分のありのままの姿を受け入れてもらえないマリ＝ピエールの孤独を浮き彫りにしていく。

日常のなかで、他人の視線を避けて／感じて生きなければならない、マージナルであっても実は決して少なくない人々の孤独や苦悩を、詩的にユーモアを交えて描くというのがダルレの作品の特徴と言えよう。

ダルレは、「自分の書くテクストは、完成されていない」と言う（theatre-contemporain.net 掲載の二〇〇九年テアトル・ウヴェールにおけるインタビューより）。テクストは、作品づくりにおけるひとつのステップにすぎず、演出家や役者たちとの共同作業によって完成へと導かれると考えているのだ。その意味で、ダルレのテクストは、「開かれて」おり、現場の創造性に完成を委ね、いい意味での驚きが期待されている。

翻訳にあたっては、そのまま上演が可能であること、舞台の台詞として成立していることが本コレクション編集委員会からの依頼だったので、それに努めたつもりである（初稿を読んでアドヴァイスをくださった佐藤信さん、ありがとうございました）。ダルレの「届くことのないつぶやき」が舞台の上にのる日をこころから期待しています。

二〇一一年 秋 石井 惠

エマニュエル・ダルレ Emmanuel Darley
1963年生まれ。小説を 2作品発表した後、戯曲を書き始める。99年より学校などで劇作のワークショップも行い、青少年向けの作品もある。『火曜日はスーパーへ』はダルレの代表作。現代に生きる人々の孤独や苦悩を詩的にユーモアを交えて軽やかに描くのが特徴。小説や戯曲を中心にさまざまな執筆活動を行う。

石井　恵（いしい・めぐみ）
座・高円寺（杉並区立杉並芸術館）で企画・制作を担当。パリ第三大学演劇科で学ぶ。共訳に『コルテス戯曲選』（れんが書房新社）、『演劇学の教科書』（国書刊行会）、『ヤン・ファーブルの世界』（論創社）、J・ポムラ『時の商人 / うちの子は』（れんが書房新社）。

編集：日仏演劇協会
編集委員：佐伯隆幸
齋藤公一　佐藤康　高橋信良　根岸徹郎　八木雅子

企画：東京日仏学院 L'INSTITUT 東京日仏学院
〒162−8415　東京都新宿区市ケ谷船河原町 15
TEL03−5206−2500　tokyo@institut.jp　www.institut.jp

コレクション　現代フランス語圏演劇 16
隠れ家／火曜日はスーパーへ *Souterrains / Le Mardi à Monoprix*

発行日――2012年2月10日　初版発行
＊
著　者――エマニュエル・ダルレ　Emmanuel Darley
訳　者――石井　惠
編　者――日仏演劇協会
企　画――東京日仏学院
装丁者――狭山トオル
発行者――鈴木　誠
発行所――㈱れんが書房新社
〒160-0008　東京都新宿区三栄町10　日鉄四谷コーポ106
TEL03-3358-7531　FAX03-3358-7532　振替00170-4-130349
印刷・製本――三秀舎

 ISBN978-4-8462-0390-X C0374

コレクション 現代フランス語圏演劇

黒丸巻数は発売中

❶ A・セゼール クリストフ王の悲劇 訳＝根岸徹郎

❷ M・ヴィナヴェール いつもの食事 訳＝佐藤康／2001年9月11日 訳＝高橋勇夫・根岸徹郎

3 H・シクスー 偽りの都市、またはエリニュエスの覚醒 訳＝高橋信良・佐伯隆幸

❹ P・ミンヤナ 亡者の家 訳＝齋藤公一／N・ルノード プロムナード 訳＝佐藤康

❺ M・アザマ 十字軍／夜の動物園 訳＝佐藤康

6 V・ノヴァリナ 紅の起源 訳＝ティエリ・マレ

7 E・コルマン 天使たちの叛乱／フィフティ・フィフティ 訳＝北垣潔

❽ J＝L・ラガルス まさに世界の終わり／忘却の前の最後の後悔 訳＝齋藤公一・八木雅子

❾ K・クワユレ ザット・オールド・ブラック・マジック／ブルー・ス・キャット 訳＝八木雅子

❿ J・ポムラ 時の商人 訳＝横山義志／うちの子は 訳＝石井惠

⓫ O・ピィ お芝居 訳＝佐伯隆幸／若き俳優たちへの書翰 訳＝齋藤公一・根岸徹郎

12 M・ンディアイ パパも食べなきゃ 訳＝根岸徹郎

⓭ W・ムアワッド 沿岸 頼むから静かに死んでくれ 訳＝山田ひろ美

⓮ D・レスコ 破産した男 訳＝奥平敦子／自分みがき 訳＝佐藤康

15 F・メルキオ セックスは時間とエネルギーを浪費する精神的病いである／ブリ・ミロ 訳＝友谷知己

⓰ E・ダルレ 隠れ家／火曜日はスーパーへ 訳＝石井惠

＊作品の邦訳タイトルは変更になる場合があります。